GÉNÉALOGIE

DE LA FAMILLE

DE CONSTANTIN,

Extraite du tome second des *Archives généalogiques et historiques de la Noblesse de France*,

Publiées par M. LAINÉ.

PARIS,

IMPRIMERIE DE BÉTHUNE, RUE PALATINE, N. 5.

1829.

DE CONSTANTIN,

Seigneurs d'Antenac, de Castelmerle, des Junies, de Rigoulès, de Saint-André, du Vivier, de la Mothe, du Claux, de Pressac, de Montégut, de Péchagut, de Péroux, de Marsolès, de la Bigotie, etc., *en Quercy et en Périgord.*

Armes : *d'or, à l'aigle éployée de sable* (1), *au chef d'azur, chargé de 3 croisettes d'argent.* Couronne de marquis. L'écu posé sur un cartouche et supporté par 2 lions.

La famille de CONSTANTIN (2), originaire de la ville de Gourdon, en Quercy, suit sans interruption, depuis plus de 300 ans, la carrière des armes, et s'est

---

(1) Quoique nous répétions ici le mot *éployée* consacré dans les preuves de cette famille, nous devons faire observer que c'est improprement que d'anciens auteurs ont appliqué ce mot à l'aigle qui n'a qu'une seule tête, sans doute pour faire entendre que les ailes sont étendues. La signification réelle de ce mot s'applique à l'aigle à deux têtes; or les cachets et les anciennes vaisselles armoriées de la famille de Constantin prouvent que l'aigle de ses armes ne doit avoir qu'une seule tête. (Voyez Palliot, *Vraie et parfaite Science des Armoiries,* in-fol. 1660, p. 314.)

(2) Le nom de *Constantin* est patronymique, et n'offre guère d'autre variante que celle de *Costantin.*

alliée à la noblesse la plus distinguée du Périgord et de la Guienne.

Les nombreux déplacements des premiers auteurs de cette famille, occasionés par les guerres anglaises des 14ᵉ et 15ᵉ siècles, et le pillage de ses archives lors du saccagement de la ville de Sarlat par les religionnaires, en 1574 (1), l'ont privée de ses plus anciens titres. Aussi, dans les diverses preuves qu'elle a faites, soit pardevant les intendants de Bordeaux en 1668 et 1698, soit postérieurement pour l'admission aux pages et au service militaire, on ne trouve sa filiation établie d'une manière suivie qu'à partir de noble Arnaud de Constantin, qui vivait en 1482. Mais bien au-delà de cette époque, on remarque une suite de personnages isolés du nom de Constantin qui prouvent que ce nom existait d'une manière distinguée dans la Saintonge, le Poitou, la Guienne, le Périgord et le Languedoc aux 12ᵉ, 13ᵉ, 14ᵉ et 15ᵉ siècles.

Guillaume *de Constantin* est nommé dans la notice de la fondation de l'abbaye de la Tenaille, au diocèse de Saintes, faite dans le douzième siècle. (*Gallia Christiana*, t. ii. *Instrumenta*, col. 486.)

Un abbé de Cadoin, du nom de *Constantin*, reçut, en 1207, de Martin Algaïs, seigneur de Bigaroque et de Biron, (2) et de sa femme, fille de Henri de Gontaut, la donation qu'ils lui firent du mas ou tènement de la Barde. Cet abbé est nommé dans divers actes des années 1208, 1215, 1223 et 1226, et il gouvernait encore le monastère de Cadoin en 1232. (*Gall. Christ.*, t. ii, col. 1540.)

Guillaume *de Constantin* fut témoin d'un hommage

---

(1) Attestation juridique du 30 août 1585, dont expédition a été délivrée le 7 janvier 1648.

(2) C'est par erreur qu'on lit dans le *Gallia Christiana*, Bicon au lieu de Biron. On sait que Martin Algaïs occupait le château de Biron du temps des Albigeois et avant les conquêtes de Simon de Montfort.

rendu, au mois de décembre 1288, à messire Guillaume Vaquier, par Arnaud de Gros, pour une maison que celui-ci possédait près la porte de Toulouse. (*Bureau des finances de Montauban, somme de l'Isle, fol. 427.*)

Pierre *de Constantin*, chevalier, fut nommé par le sénéchal de Poitou pour informer sur les excès commis par Jean de Harcourt, chevalier, sénéchal de Châtellerauld et ses adhérents suivant un arrêt du 19 février 1322 (*v. st.*), rendu par le parlement. (*Bibliothèque de Saint-Germain-des-Prés, rég. de la chambre des comptes, t. 11, cité par D. Villevieille, trésor généalogique, lettre C.*)

Hélie *Constantin*, clerc, épousa le vendredi avant la Saint-Michel 1324, Aude *de Céris*, fille d'Aimeri de Céris, damoiseau, et de Catherine Passagane. Cette dernière, du consentement de son mari, lui assura tous ses biens après sa mort. (*Archives du château de Saint-Martin-Lars, en Poitou.*)

Jean *Constantin*, écuyer, est compris dans la montre de messire Jean de Chaunay, chevalier, dont la compagnie, composée de 7 écuyers, fût passée en revue à Toulouse le 25 octobre 1355. Jean Constantin y servait avec un cheval gris-roux, du prix de 25 livres tournois. (*Bibliothèque du Roi, vol. 30 des Sceaux, fol. 2266.*)

Brandelis *Constantin*, qualifié baron, fit hommage-lige au roi d'Angleterre dans le château d'Angoulême le 18 août 1363. (*Bureau des finances de Bordeaux, registre F, fol. 109, verso.*)

Noble Bertrand *de Constantin*, du diocèse de Lectoure, épousa, vers le milieu du 14e siècle, noble Navarre *de Beaupuy*. Cette dame, par acte passé devant Brascon, notaire à Lectoure, le 21 août 1371, fit la reprise de fief de certains biens-fonciers. (*Registre de M. Comin, notaire à Lectoure, fol. 51.*). Le même Bertrand de Constantin fut présent, le 25 mars 1375 (*v. st.*), avec nobles Pierre Dufour, Beaulac de Beaulac et Arnaud de Malartic, à un hommage qu'Arnaud-Guillaume de Montlezun rendit au comte d'Armagnac. (*Bibliothèque du Roi.*) Le 17 novembre 1378, noble Bertrand de Constantin fit foi et hommage au comte d'Armagnac, comme vicomte de Lomagne et d'Auvillars, à raison des territoires de Caumont, Cortade et Pomet. (*Bureau des finances de Montauban*, *Protocole de Mayres*, notaire, n° 11, fol. 20.)

Noble Becon (1) *de Costantin* épousa, par pacte arrêté en la cité de Lectoure le 8 janvier 1375 (*v. st.*), noble Obriette *de Manas*, assistée de noble Jean de Manas, seigneur d'Avesan, et fille de feu noble autre Jean de Manas, chevalier. Messire Bègue de Galard, chevalier, devait jurer ces conventions pour le seigneur d'Avesan, et à son défaut messire Sicard de Montaut, chevalier, devait le faire pour Becon de Costantin. Il fut convenu que, s'il provenait un fils de ce mariage, il succéderait à ses père et mère en la moitié de leurs biens, et, pour le cas où Obriette de Manas survivrait à son mari, il fut arrêté qu'une somme de 1200 florins d'argent lui serait réservée sur les biens du défunt. Le seigneur de Castelnau, Gaillard de Bexens, Jean de Galard, Aimeric de Preissac, Vital de Francs et frère Manaut, gardien des Frères-Mineurs de Lectoure, assistèrent à ces conventions. (*Original en parchemin communiqué.*)

Mérigon *Constantin*, écuyer, comparut à la montre de Pouchon de Coderc, écuyer, et de 29 autres écuyers reçus à Carcassonne le 10 mars 1419. (*Bibliothèque du Roi*, *vol. 33 des Sceaux*, fol. 2458.) Le même Mérigon transigea, par acte passé à Montaigut, en Agénais (sur la frontière du Quercy) en 1429, avec Jean de Lomagne, fils d'Augier, seigneur de Montaigut.

---

(1) Le prénom Becon paraît dériver de Bec ou Beg, dont on a fait Becon ou Begon. Ce nom était particulièrement usité en Guienne, en Rouergue et même en Auvergne.

Aimeric *de Constantin*, abbé de Saint-Sauveur de Blaye, vivait en 1463. (*Gallia Christiana*, t. ii, col. 881.)

Jean *Constantin* servait, en 1482, dans l'armée de Philippe de Crèvecœur, seigneur des Querdes, au camp de Montreuil, suivant une revue faite dans cette place par Pierre de Mouchy, chevalier, seigneur de Montcavrel, le 30 mai de cette année. (*Bibliothèque du Roi, vol. 68 des Sceaux, fol.* 5319.)

En 1482, à la requête des héritiers de feu Guillaume *Constantin*, prevôt de Tizac, en la châtellenie de Chantelle, en Bourbonnais, le duc de Bourbon pourvut de cette charge Renaud Brugault, par lettres qui furent registrées le 10 octobre de cette année. (*Cabinet de Gaignières, vol.* 654, *extraits des titres du Bourbonnais, première partie, p.* 69.)

I. Noble Arnaud DE CONSTANTIN, écuyer, le premier depuis lequel la filiation se suit sans interruption par les titres, fut élu capitoul de Toulouse en 1482, avec le seigneur de Mirabel et Raimond de Puibusque, seigneur de Pauliac, puis, en 1497, avec Martin d'Estang, seigneur de Roffiac, Pierre de Vignaux, Guillaume d'Aigueplas, etc. (*Annales de Toulouse,* par la Faille in-folio, 1687, pp. 251, 275.) Le 13 janvier 1517 (*v. st.*) Arnaud de Constantin, énoncé habitant de la ville de Gourdon, fit son testament au repaire du Port, dans le diocèse de Cahors, chez noble Bertrand du Port, son cousin, dans la maison duquel il était tombé malade. Il lui recommanda de le faire inhumer dans les tombeaux de ses prédécesseurs, en l'église de Thémines; demanda que 20 prêtres assistassent à son enterrement; légua l'usufruit de ses biens à noble Monde DE BARS, sa femme, et voulut qu'elle ne fût tenue à aucune reddition de compte; légua une somme d'argent à Yves, son second fils, et institua son héritier universel noble Guillaume de Constantin, son fils aîné, auquel il substitua Yves, et à celui-ci Sébastienne, sa fille; enfin, dans le cas où celle-ci mourût

sans enfants, il appela à la substitution de ses biens
Jean de Constantin, licencié en droit, son cousin (1).
Arnaud de Constantin laissa :

1°. Guillaume de Constantin, qui paraît être mort peu de temps
après le testament de son père, et sans postérité ;

2°. Yves, qui a continué la descendance ;

3°. Sebastienne de Constantin, dotée de la somme de 2000 livres,
par le testament de son père. On ne connoît pas sa destinée
ultérieure.

II. Noble Yves DE CONSTANTIN, seigneur du repaire
d'Antenac, de Castelmerle, etc., reçut de son père un
legs de 2000 livres. Son frère aîné fut chargé de le
tenir aux écoles jusqu'à l'âge de 20 ans ; et, dans le cas
où il voudroit être prêtre, Guillaume eut ordre de lui
fonder un titre clérical suivant la coutume et selon la
faculté de ses biens. Yves fut licencié en droit, juge
de la vicomté de Carlux et avocat en la cour et au
siége de Sarlat. Il fit un bail à métairie au profit de
Geraud Picaronie, par acte du 3 février 1520 (*v. st.*).
Le 7 janvier 1561 (*v. st.*), au lieu de Doyssac, juridiction de Belvès, en Périgord, il passa un contrat
d'échange (dans lequel il se dit habitant de la ville de
Gourdon, en Quercy) avec maître Martin Lavelle,
prêtre et curé de Doyssac. Par cet acte, Yves de Constantin, comme héritier de feu noble Guillaume de Constantin, son frère, céda à Martin Lavelle le repaire ap-
pelé d'Antenac, autrement de Broquets, situé en la
paroisse de Peyrignac, près Gourdon, et reçut en
échange le village de Castelmerle, situé dans la pa-

---

(1) C'est probablement de la branche de Jean de Constantin qu'é-
taient issus 1° Jacquette de Constantin, mariée vers l'an 1500, ou
peu après cette époque, avec noble Jean *de Carles*, président au parlement de Bordeaux. Elle fut mère, entr'autres enfants, d'Amelot
de Carles, évêque de Riez en 1551 ; 2° Françoise de Constantin,
mariée vers l'an 1540, avec noble Martin *de la Broue*, avec lequel
elle fit un testament mutuel le 25 août 1563, avec clause que l'héré-
dité de cette dame passerait à Jean de la Broue, son fils puîné.

roisse de Capdrot, juridiction de Monpazier, en Périgord. Yves de Constantin se réserva 40 sous de rente, payables annuellement, comme seigneur foncier et direct. Représenté par Pierre Rougier, avocat en la juridiction de Monpazier, son fondé de procuration, Yves de Constantin fit l'acquisition d'une pièce de terre par acte du 25 novembre 1572. En 1574, Yves de Constantin habitait la ville de Sarlat, dont il était premier consul. Ce fut l'époque où cette ville fut assiégée, prise et pillée par les religionnaires, conduits par le seigneur de Vivans. Yves de Constantin perdit dans cette circonstance la plupart de ses titres de famille, mais trois mois après il eut le bonheur de faire rentrer la ville de Sarlat sous l'obéissance du Roi. Cependant son âge et ses infirmités lui ayant fait sentir le besoin du repos, il se retira avec Jeanne de Vassal, sa seconde femme, dans le château de Rignac, où il fut assassiné par les religionnaires en 1583 (1). Il avait épousé 1° damoiselle Jeanne DU BREUIL, fille de noble Gabriel du Breuil. (*Extrait du livre journal de Clinet Ier de Constantin.*) Ce mariage eut lieu un peu avant l'année 1560, selon un acte de partage fait entre Jeanne du Breuil et ses trois frères Guillaume, François et Gabriel; 2° par contrat passé au château de Rignac, le 9 novembre 1575, damoiselle Jeanne DE VASSAL, fille de Jacques de Vassal, IIe du nom, écuyer, seigneur de Rignac, de Meinargues, etc., et de Jeanne

DU BREUIL : d'or, au lion de sable, nageant sur des ondes d'argent.

DE VASSAL : d'azur, à la bande d'argent, remplie de gueules, chargée de 3 besants d'or et accompagnée de 2 étoiles du même.

---

(1) Enquête faite le 30 août 1585 par le procureur-syndic de l'église cathédrale de Sarlat. Le 7 janvier 1648, à la requête de noble Clinet de Constantin, il fut fait une nouvelle audition de témoins, lesquels, au nombre de six, déposèrent devant le juge de Carlux, que feu noble Yves de Constantin, après la prise de Sarlat, où sa maison avait été pillée en 1574, s'était retiré au château de Rignac, où il se remaria avec Jeanne de Vassal; qu'en 1583, étant seul dans ce château avec sa femme, son jeune fils et quelques servantes, le nommé Benichos et autres voleurs, ses complices, de la religion prétendue réformée, au nombre de 25 ou 30 et masqués, y surprirent ce vieillard, et l'assassinèrent de plusieurs coups d'épée et de pistolet. Parmi ceux qui déposèrent dans cette attestation, se trouvent noble Jean de Faure, écuyer, sieur de Poujoul, âgé de 72 ans, et Girard la Combe, âgé de 75 ans.

dite Blanche de Maffre de Soulages. Du premier mariage est issu Clinet, Ier du nom, dont l'article suit.

III. Noble Clinet DE CONSTANTIN, Ier du nom, écuyer, seigneur de Castelmerle et de Rigoulès, fut mis, après la mort de son père, sous la tutelle de noble Gabriel du Breuil, son oncle, contre lequel il reprit un procès qu'avait commencé son père avant 1575, et qui fut terminé en faveur de Clinet au parlement de Bordeaux vers 1615. Celui-ci avait été destiné d'abord à l'état ecclésiastique et avait obtenu des lettres de démissoire et de tonsure, les 18 juin et 8 décembre 1582, des évêques de Cahors et de Tulles. Dans la suite il changea sa destination et se maria, par contrat passé au noble repaire du Bastit, paroisse de Bars, le 25 avril 1600, avec damoiselle Marguerite DE BRUZAC (1), fille de feu noble Hugues de Bruzac, seigneur du Bastit et co-seigneur de Beaulieu, en Agénais, et de noble Peyronne de Mensinhac de la Poncie. Marguerite de Bruzac fut assistée au contrat par sa mère, noble Bertrand de Bruzac, seigneur du Bastit, son frère, Judith de Beynac, dame de Gaulejeac, Raimond Dordaigne, écuyer, seigneur de Pechgris, Jacques de Souillac, écuyer, seigneur d'Azerac, Christophe, seigneur de Clérans et de Goudou, écuyer, et Jean de Beaulieu, écuyer, seigneur de la Filiolie, ses parents et amis. Il lui fut constitué en dot la somme de 5000 livres. Le 10 mars 1603, Clinet de Constantin consentit une reconnaissance féodale pour une terre et un pré situés au lieu de Loubejac, près Sarlat, en faveur de François Vineille,

DE BRUZAC : d'argent, à 3 lions de gueules.

---

(1) On ne doit pas confondre la famille de Bruzac du Bastit avec celle de Flamenc de Bruzac. Elles n'ont ni la même origine, ni les mêmes armes. Hugues de Bruzac, damoiseau, avait épousé, avant l'an 1363, damoiselle Marie *de la Cropte*, laquelle vivait encore, en 1395, étant veuve, et mère de deux enfants : 1° Arnaud de Bruzac, damoiseau, qui était marié, en 1395, avec Marie *de la Cropte*, de la branche d'Abzac ; 2° Marie de Bruzac, femme, en 1377, de Guillaume-Arramond *de Donneguise*. La branche de Bruzac du Bassit s'est fondue, en 1622, par un mariage, dans la famille Durand de Laudonie.

avocat au siége royal de Sarlat; et, le 10 janvier 1612, Antoine Fauxbullet, clerc, lui fit cession d'une somme d'argent. Il reçut du maréchal de Thémines une lettre datée de Gourdon, le 31 octobre 1615, portant ordre d'aller joindre ce maréchal, avec tout ce qu'il pourrait rassembler de ses amis montés et armés de carabines. Il reçut trois autres missives de M. de Thémines pour marcher soit pour le service, soit contre les ennemis du Roi, l'une en date du 29 décembre 1615 et les deux autres de l'année 1621. Il rendit hommage entre les mains des commissaires de S. M. pour le noble repaire de Castelmerle, les 9 mai 1610, 15 juin 1624 et 6 mars 1649. Le 25 juillet 1624, il passa une transaction sur échange avec Antoine Jarlan, Catherine Andrieux et autres, et reçut, le 30 décembre 1629, une quittance de Pierre Boyer, bourgeois et marchand de Sarlat, comme fermier du prevôt de l'église cathédrale de cette ville, à raison de quelques rentes dont ce dernier réclamait le paiement. Clinet de Constantin fut dispensé du service du ban et arrière-ban, à cause de son grand âge, et parce que ses fils servaient le Roi en qualité d'officiers, par acte du lieutenant-général de Sarlat de l'année 1639. Ayant été inquiété dans sa noblesse par les syndic et consuls de Capdrot et de Monpazier, il obtint du Roi, en considération de ses services et de ceux de sa famille, des lettres qui le dispensèrent de faire une plus ample preuve devant la cour des aides de Guienne, où la cause avait été portée, et qui le maintinrent, avec ses enfants, dans la qualité de noble. Ces lettres, datées du mois de février 1648, furent registrées le 23 du même mois en la chancellerie de France, puis à la cour des aides le 29 août suivant. Clinet de Constantin, qualifié écuyer, seigneur de Castelmerle, juridiction de Monpazier, en Périgord, fit un premier testament au noble repaire de Rigoulès, paroisse de Saint-André, en la même province, devant Mondesses, notaire royal, le 21 janvier 1650; puis un second le 15 mars 1651. Il avait survécu à Marguerite de Bruzac, sa femme, qui était morte avant l'année 1650, et en avait eu six fils et quatre filles :

1°. Jean de Constantin, écuyer, né le 21 septembre 1601, curé de la Bastide, auquel son père légua 500 livres, le 21 janvier 1650;

2°. Antoine, dont l'article viendra;

3°. Charles de Constantin, auteur de la branche des *seigneurs* DE MONTÉGUT et DE PÉCHAGUT, rapportée en son rang;

4°. Louis de Constantin, écuyer, sieur de Loubejac, né le 7 octobre 1610, qui fut nommé capitaine d'une compagnie de 100 hommes de nouvelles levées dans le régiment d'infanterie du sieur de Langle, par commission du 28 mars 1638 (1);

5°. Clinet de Constantin, écuyer, sieur de la Gascarie. Lui et ses frères Charles et Louis, ont servi comme officiers dans les armées du Roi, en France, en Flandre, en Italie, en Catalogne et en Artois. Clinet fut tué à la garde d'un passage;

6°. Marc-Antoine de Constantin, né le 8 mars 1613;

7°. Jeanne de Constantin, née le 15 janvier 1604, épouse d'Antoine *Roche*, et mère de :

Clinet Roche, auquel Clinet de Constantin, son aïeul maternel, fit un legs le 21 janvier 1650;

8°. Jeaneton de Constantin, mariée avec N..... *Gouyon*, de Biron;

9°. Elisabeth de Constantin, née le 6 mai 1608, femme de N..... *Perez*, du lieu de Balhac, en Quercy;

10° Judith de Constantin, à laquelle son père légua 3000 livres pour son mariage, avec le sixième des droits de sa maison du Bastit. Elle était mariée, en 1654, avec Annet *de Salomon*, sieur du Bousquet.

IV. Noble Antoine DE CONSTANTIN, écuyer, seigneur de Castelmerle et de Rigoulès, naquit le 4 avril

---

(1) Louis de Constantin a péri sous les coups d'un assassin, du nommé Molenier, de la ville de Monpazier, en 1642. Ce dernier ayant été condamné à mort sur les poursuites de Clinet Ier, la communauté des habitants de Monpazier, composée pour la plupart des parents et amis de l'assassin, en représailles de cette juste condamnation, fit comprendre au rôle des tailles noble Antoine de Constantin, seigneur de Castelmerle, fils de Clinet. Mais Clinet IIe, fils d'Antoine, ayant justifié de sa noblesse devant M. Pellot, intendant de Guienne, le 15 mars 1668, et postérieurement, le 18 juin 1698, devant M. de Bezons, la communauté de Monpazier fut contrainte de se désister de ses poursuites.

1605. Après avoir servi au régiment des gardes, il fut
nommé d'abord lieutenant dans la compagnie du sieur
de la Maurelie au régiment de Navailles, puis capitaine
d'une compagnie d'infanterie dans celui de Cujol, suivant deux certificats, l'un du maréchal de la Force
du 17 septembre 1634, et l'autre du marquis de Navailles du 26 juin 1635. Il eut, le 8 juillet suivant,
une commission pour commander une compagnie de
100 hommes sous le duc d'Epernon, et reçut du comte
de Béthune, capitaine des gardes du corps du Roi, un
certificat daté du 26 janvier 1636, et portant qu'il
avait envoyé le sieur de Rigoulès à la cour, chargé
d'une mission relative au service du Roi. Il était capitaine au régiment de Chambaut lors d'un congé qu'il obtint de Louis de Bourbon, comte de Soissons, le 25 avril
suivant. Antoine de Constantin se trouva, dans l'espace de
15 ans qu'il porta les armes, aux siéges de Saint-Antoine
de Négrepelisse, de Montpellier, de Bréda, de Nancy, de
Manheim, de Heidelberg, de Spire, de Montjouy, de
Porentruy, de Corbie et de plusieurs autres places. Il
épousa, en présence de son père, et par articles passés au
château de Saint-Germain, juridiction de Monpazier, le
18 juin 1637, damoiselle Jacqueline DE VEYRIÈRES (1),
fille de feu noble Jean de Veyrières, seigneur de Veyrières et de Saint-Germain, et de damoiselle Adrienne
de Lons, qui assista au contrat, ainsi que messire Jean
de Lascases, seigneur baron de Roquefort, et son épouse,
dame Anne-Marie de Veyrières, sœur de Jacqueline.
Dans ce contrat, Clinet de Constantin donna à son fils
la moitié de tous ses biens, et il confirma cette donation
en l'instituant son héritier universel par son testament
du 21 janvier 1650. Antoine fit le sien devant Quan-
ton, notaire, le 8 février de la même année, et ne vivait plus le 11 septembre 1654, époque à laquelle sa
veuve, comme mère et administratrice de leurs enfants
mineurs, transigea, au château de Castelmerle, avec

---

(1) Jacqueline de Veyrières avait trois sœurs, l'une mariée avec le
seigneur de Roquefort, la seconde dans la maison de Royère, et la
troisième dans celle de du Garric d'Uzech de Montastruc.

noble Charles de Constantin, écuyer, son beau-frère,
habitant alors au repaire de Rigoulès, paroisse de
Saint-André, juridiction de Baynac, à raison des droits
de ce dernier, que Clinet de Constantin avait institué
son héritier pour moitié par son testament olographe
du 15 mars 1651. Du mariage d'Antoine de Constantin
avec Jacqueline de Veyrières sont issus :

1°. Clinet, II° du nom, dont l'article suit ;

2°. Jean, I°ʳ du nom, de Constantin, écuyer, sieur des Jeunies,
ou des Junies, vivant âgé de 26 ans, en 1668 ; il épousa, par
contrat du 21 juillet 1675, damoiselle Marie *de Saintours de
Riocaze* ;

3°. Charles de Constantin,
4°. Jean, II° du nom, de Constantin,
5°. Jean, III° du nom, de Constantin,
6°. Louise de Constantin,

} légataires de leur
père, le 8 février
1650 (1).

V. Noble Clinet DE CONSTANTIN, II° du nom, écuyer,
seigneur de Castelmerle et de Rigoulès, fut enseigne
dans le régiment des galères suivant le certificat et pas-
seport que lui délivra Louis de Vendôme, duc de Mer-
cœur, le 18 novembre 1658. Il servit quatre ans dans
la compagnie Mestre-de-Camp de ce régiment, tant en
Italie qu'en Catalogne, aux termes d'un certificat que lui
donna, le 9 novembre 1666, le duc de Biron, lieutenant-général des armées du Roi. Ayant reçu de sa mère
la remise de ses droits paternels, il transigea avec
Charles de Constantin, son oncle, qui, pour terminer
à l'amiable le différend qu'ils avaient relativement au
partage des biens de la succession de Clinet, I°ʳ du nom,
s'obligea de payer à Clinet, II°, la somme de 2,000 livres
dans le délai de deux mois, par acte passé en la ville de
Sarlat devant Vaquier, notaire royal, le 4 janvier 1665,
en présence de Jean de Constantin, prêtre, oncle de Cli-

---

(1) L'un de ces frères épousa demoiselle N.... *de Vassal de Favarès*,
près Villefranche, en Périgord. On ignore s'il y a eu des descendants
de cette branche. On croit qu'un cadet se maria en Saintonge, et
qu'une fille issue de cette branche a épousé N.... *du Bastit.*

net, IIe du nom, habitant du repaire de Rigoulès, lequel, après s'être restreint à son droit de légitime, fit donation de tout le surplus à son neveu. Clinet IIe du nom de Constantin consentit, le 12 novembre 1670, une reconnaissance féodale en faveur de François de Gontaut, seigneur de Biron, de Montaut, etc. à raison de quelques héritages situés dans le tènement de Rivel. Il avait épousé, en présence de Jacqueline de Veyrières, sa mère, par contrat du 22 mai 1661, passé devant Cambon, notaire, et insinué à Sarlat le 10 septembre suivant, demoiselle Catherine DE POURQUERY, fille de feu Charles de Pourquery, avocat en la cour, habitant du noble repaire de la Bigotie, et de damoiselle Françoise de Guynet, qui assista au contrat, ainsi que Jean-François de Pourquery, sieur de la Bigotie, son frère, Raymond de Pourquery, écuyer, juge royal de Monpazier, et Louis de Pourquery, sieur de Roussille. Elle eut en dot 8,000 livres. Clinet de Constantin eut acte de la représentation de ses titres de noblesse, tant pour lui que pour son frère, Jean de Constantin et le sieur de Bosc, leur oncle, de M. Pellot, intendant en Guienne, daté d'Agen le 15 mars 1668, et fit, le 27 juin 1691, son testament par lequel il demanda à être inhumé dans sa chapelle de l'église de Capdrot, s'en remettant pour ses honneurs funèbres à damoiselle Catherine de Pourquery, sa femme, de laquelle sont provenus sept enfants :

DE POURQUERY : d'azur à l'aigle couronnée d'argent, chargée sur l'estomac, d'une croix pâtée de gueules, et accompagnée en pointe à d'extre d'un porc-épic d'argent, et à senestre d'un lion d'or.

1°. Jean-Jacques, dont l'article suit ;

2°. Jean de Constantin, l'aîné, auteur de la branche des *sieurs* DE SAINT-ANDRÉ et DU VERDIER, rapportée ci-après ;

3°. Marc de Constantin, écuyer ;

4°. Pierre de Constantin, sieur de la Peyrière ;

5°. Jean de Constantin, le jeune, auteur de la branche DE LA MOTHE et DE ROUSSILLE, rapportée à son rang (1);

6°. Marguerite de Constantin, mariée, en 1709, avec noble Pierre *de Gontaut de Saint-Geniès*, dit de Lauzerte, écuyer ;

7°. Catherine de Constantin.

____

(1) Ces cinq frères paraissent tous avoir embrassé le parti des armes. Le sieur Cassaud, lieutenant-commandant de la compagnie des gentilshommes composant la garnison de Strasbourg, certifia,

VI. Noble Jean-Jacques DE CONSTANTIN, Ier du nom, écuyer, seigneur de Castelmerle et de Rigoulès, lieutenant dans la compagnie de Solon au régiment de Champagne, fut institué héritier universel de son père. Par contrat passé en la ville de Monpazier, le 2 décembre 1692, il épousa demoiselle Marie DE SAVY, fille de Jean de Savy, bachelier ès-droits, et de feu Esther Beausse. Marc de Pourquery, sieur de la Bigotie, oncle maternel de Jean-Jacques de Constantin, assista à son contrat, ainsi que noble François de Constantin, écuyer, sieur de Peroux, capitaine dans le régiment de Picardie, son cousin. Marie de Savy fut assistée d'Etienne de Pourquery, sieur de la Caserie, et eut en dot 6000 livres. Le 6 avril 1693, Clinet de Constantin, IIe du nom, son père, l'appela à recueillir la donation qu'il avait stipulée dans son contrat de mariage avec Catherine de Pourquery le 22 mai 1661. Jean-Jacques de Constantin et Jean, son frère puîné, sieur de Saint-André, furent maintenus dans leur noblesse par jugement de M. Bazin de Bezons, intendant de la généralité de Bordeaux, du 18 juin 1693. Le 4 juillet 1699, un particulier de Capdrot lui vendit quelques héritages, et le 24 du même mois, il reçut une quittance du receveur pour le droit d'enregistrement de ses armoiries; enfin, par acte du 1er janvier 1708, il acquit de noble Jean de Cassieux une métairie appelée de Capdrot. Il mourut avant le 21 avril 1725, laissant de son mariage :

1°. Jean, dont l'article suit;

2°. Autre Jean de Constantin, écuyer, sieur de Bos, habitant du château de Castelmerle, qui par son testament, fait en ce château, le 21 avril 1725, légua à Marie de Savy, sa mère, tous les fruits et revenus qu'elle avait perçus et retirés depuis le décès de Jean-Jacques de Constantin, père du testateur;

---

le 6 février 1685, que trois frères de Constantin-Castelmerle avaient servi sous ses ordres. M. de Villeroy, inspecteur-général des troupes au Mont-Royal, a constaté, le 6 juin 1692, que le sieur de Constantin servait dans ses troupes en qualité de lieutenant. Deux précédentes attestations de M. d'Astor, des 19 août 1690, et 31 mai 1691, portent que le sieur de Constantin, lieutenant au régiment de Champagne, faisait partie de la garnison de Blaye.

3°. Autre Jean de Constantin, écuyer, sieur du Sorbier, qui fut institué héritier universel de son frère qui précède, le 21 avril 1725;

4°. Marc de Constantin, écuyer, prêtre, docteur en théologie, chanoine du chapitre collégial de Monpazier;

5°. Pierre de Constantin, mort avant le 19 février 1719;

6°. Marie-Anne de Constantin, épouse de noble Pierre *de Laval*, écuyer, sieur de Laval. Jean de Constantin, sieur du Bos, son frère, lui fit un legs le 21 avril 1725;

7°. Catherine de Constantin, demoiselle de la Peyrière, légataire du même sieur du Bos, son frère.

VII. Noble Jean DE CONSTANTIN, écuyer, sieur de Castelmerle, assisté de sa mère et de Marc de Constantin, son frère, épousa, par contrat passé dans le bourg de Calès, juridiction de Badefol, le 19 février 1729, demoiselle Françoise D'ARNAL DE VILARD, née le 20 novembre 1707, fille de noble Pierre d'Arnal, écuyer, sieur de Vilard, capitaine commandant le bataillon de milice de la Boissière, et de demoiselle Henrie de Vassal, habitants de la ville de Martel en Quercy. Par cet acte (que ratifia Marie de Savy, le 20 février 1729) Catherine de Constantin, sœur du futur époux, le tint quitte de tous les droits qu'elle pouvait avoir soit par le décès de leur père, soit par celui de feu noble Pierre de Constantin, leur frère. Les 9 juin 1741 et 6 septembre 1751, Jean de Constantin fit, au repaire de Castelmerle, deux testaments, par lesquels il déclara que de son mariage avec Françoise d'Arnal sont provenus six enfants, tous en minorité, et dont il confia la tutelle ainsi que l'exécution de ses dernières volontés à son frère, Marc de Constantin, prêtre. Les noms de ces enfants sont :

D'ARNAL : d'azur, au lion d'or, lampassé et armé de gueules.

1°. Pierre de Constantin, institué héritier universel de son père. Le 1er septembre 1755, il fut nommé lieutenant dans le régiment Dauphin, infanterie, et fut tué à l'affaire de Berghem le 13 avril 1759 (1), sans laisser de postérité;

2°. Marc, qui a continué la descendance;

3°. Henrie de Constantin, mariée, avant l'année 1751, avec Jean *Mousson*, sieur de Lestang, habitant de la paroisse de Capdrot;

____

(1) Certificat daté de Valenciennes le 16 mai 1775.

4°. Marie-Anne de Constantin, }
5°. Marie de Constantin, } non mariées en 1751.
6°. Autre Marie de Constantin, }

VIII. Marc DE CONSTANTIN, écuyer, seigneur de Castelmerle, né au château de Castelmerle le 4 mars 1737, obtint une lieutenance dans le régiment Dauphin, infanterie, par brevet du 1er septembre 1755. Le commandant de ce corps certifie que Marc de Constantin y servit avec distinction et approbation de ses chefs, depuis le 6 mai 1759 (époque à laquelle il fut nommé lieutenant de la compagnie de Van-Rhemen) jusqu'au mois de juillet 1762, époque à laquelle il a quitté le service par suite d'une blessure qu'il avait reçue, le 15 juillet 1761, au combat de Filinghausen. Marc de Constantin épousa, par articles passés sous seings-privés le 14 février 1765 (mariage béni le même jour), et déposés pour minute dans l'étude de Bousset, notaire royal, le 1er décembre 1778, demoiselle Jeanne-Charlotte DE LA VEYRIE DE SIORAC DE VIVANS, fille de feu Paul de la Veyrie de Siorac de Vivans, écuyer, seigneur de Siorac ; en Périgord, et de Jeanne de Vivans, dame de Siorac, de Doissac et de Villefranche, habitante du château de Doissac, paroisse et juridiction de ce nom. Cette dame constitua en dot à sa fille la somme de 15,000 livres. Marc de Constantin fit une acquisition, le 21 janvier 1773, de demoiselle Marie Mousson, habitante du bourg de Capdrot et veuve de Pierre Fréjeville, sieur de la Croze. Il est décédé à Castelmerle le 30 mai 1791. Sa veuve lui a survécu jusqu'au 10 octobre 1812.. Ils ont eu :

1°. André-Charles de Constantin, écuyer, né le 2 mars 1770. M. d'Hozier de Sérigny, juge d'armes de France, lui délivra, le 6 février 1781, un certificat de ses preuves de noblesse pour son admission à l'école militaire de Pont-le-Voy où il est décédé ;

2°. Pierre de Constantin, né en 1771, mort célibataire à Bordeaux en 1814 ;

3°. Henri de Constantin, né en 1778, décédé en 1793 ;

4°. Elisabeth de Constantin, mariée avec N.... *Robière du Coux* ;

5°. Marguerite-Charlotte-Sophie de Constantin, mariée, en 1799, avec Barthélemi-Guillaume *de Gaulejac*, maréchal-des-

logis des Gardes-du-corps du Roi, et chevalier de l'ordre royal
et militaire de Saint-Louis, retraité lieutenant-colonel de
cavalerie ;

6°. Marie-Henriette de Constantin, née le 22 juin 1767, mariée
avec M. *la Ferrière.*

SIEURS DE SAINT ANDRÉ ET DU VERDIER.

VI. Noble Jean DE CONSTANTIN, l'aîné, Ier du nom,
écuyer, sieur de Saint-André, habitant du repaire du
Verdier, paroisse de Mazeyrolles, juridiction de Villefranche, second fils de Clinet de Constantin, IIe du
nom, écuyer, seigneur de Castelmerle, et de Catherine de Pourquery, fut marié par son père, le 5 janvier 1690, avec demoiselle Anne DE PONS, comme on l'ap-
prend du testament de Clinet IIe du nom, du 27 juin 1691.
Anne de Pons était veuve, lorsque, le 11 août 1732,
elle obtint un arrêt de la cour des aides de Guienne
contre le syndic et les habitants de la paroisse de Mazeyrolles, arrêt dans lequel sont visés tous les titres de
noblesse et de filiation de la famille de feu son mari,
depuis noble Arnaud de Constantin, élu capitoul de
Toulouse en 1497. Elle en avait eu un fils nommé
Pierre, qui suit.

DE PONS :
d'argent, à la
fasce bandée d'or
et de gueules de
six pièces.

VII. Noble Pierre DE CONSTANTIN, écuyer, né le 3
juillet 1704, épousa, par contrat du 12 août 1733,
passé au bourg et paroisse de Beaulieu, juridiction de
Campagnac, demoiselle Silvie DE VASSAL, fille de feu
messire Jean de Vassal, VIe du nom, écuyer, seigneur
de Salles, de la Flameyrague, etc., et de dame Catherine de Lamouroux. Elle fut assistée de cette dame,
sa mère, de messires Jean de Vassal, écuyer, seigneur
de Bastes, Marc de Vassal, écuyer, seigneur de la
Mothe, ses frères, et Charles de Vassal, écuyer, son
oncle, et de messire Jean de Lamouroux, écuyer,
sieur de la Poujade, son oncle maternel. Du côté de
Pierre de Constantin assistèrent dame Anne de Pons,
sa mère, messire Jean-Gui de Gontaut-Saint-Geniés,
écuyer, seigneur de Lauzerte, son oncle, et Pierre de

DE VASSAL :
comme à la p. 7.

Constantin, écuyer, seigneur de Montégut, son cousin. De ce mariage sont issus :

1°. Jean, II° du nom, qui suit ;

2°. Jean de la Mothe de Constantin, né le 18 mai 1735,
3°. Jean-Bertrand de Constantin, né le 26 juin 1736,
4°. Autre Jean de Constantin, né le 11 novembre 1737,
} morts sans postérité.

VIII. Jean DE CONSTANTIN, IIe du nom, écuyer, sieur de Saint-André et du Verdier, né le 30 mai 1734, habitait au lieu de la Vayssière, paroisse de Mazeyrolles, lorsqu'il épousa, assisté de ses père et mère, TEYSSENDIER : par contrat du 5 avril 1771, demoiselle Marie TEYSSENDIER, fille du sieur Jean Teyssendier et d'Isabeau de Pons. De ce mariage sont issus deux fils et quatre filles, qui tous étoient mineurs et sous la tutelle de leur mère le 22 janvier 1800, savoir :

1°. Jean de Constantin, né le 7 mai 1785 ;
2°. Autre Jean de Constantin, né le 19 mars 1786 ;
3°. Isabeau de Constantin ;
4°. Silvie de Constantin ;
5°. Catherine de Constantin ;
6°. Autre Catherine de Constantin.

BRANCHE DE ROUSSILLE OU DE BEAUMONT.

VI. Jean DE CONSTANTIN, nommé aussi Jean-Baptiste, écuyer, sieur de la Mothe, cinquième fils de Clinet de Constantin, IIe du nom, écuyer, seigneur de Castelmerle, et de dame Catherine de Pourquery, fut marié, par contrat du 21 février 1699, signé par Jean Boudié, notaire royal, avec demoiselle Marie DE DE POURQUERY : POURQUERY DE BLANZAC (décédée le 26 août 1741), comme à la p. 13. avec laquelle il a formé la branche de Roussille, paroisse de Capdrot, juridiction de Monpazier, aujourd'hui établie à Beaumont, département de la Dordogne. Il est mort à Roussille le 30 octobre 1747, à l'âge de 70 ans. De ce mariage sont issus :

1°. Jean-Jacques, qui suit ;

2°. Catherine de Constantin, demoiselle du Claux, seconde femme, par acte du 5 juin 1741, de noble Denis *de Saunhac de Belcastel*.

VII. Noble Jean-Jacques DE CONSTANTIN, écuyer, sieur du Claux, né le 19 septembre 1714, épousa, par contrat du 10 juin 1728, demoiselle Marie-Dorothée DU PUY DE LA BORIE, fille de Henri du Puy de la Borie, écuyer, sieur de la Borie, lieutenant-colonel des grenadiers à cheval de S. M. le roi de Prusse, et de dame Marie Brokin, baronne d'Estegen. Jean-Jacques de Constantin assista au mariage de Catherine de Constantin, sa sœur, en 1741. Ses enfants furent :

1°. Jean-Baptiste, qui suit ;

2°. Jean-Marc, auteur de la *branche* DE PRESSAC, rapportée ci-après ;

3°. Autre Jean-Baptiste de Constantin, sieur de la Mothe, décédé sans postérité ;

4°. Catherine de Constantin, }
5°. Marie de Constantin, } mortes sans alliances.

VIII. Jean-Baptiste DE CONSTANTIN, chevalier, garde-du-corps du Roi, baptisé le 1er avril 1729, dans l'église de Notre-Dame de Capdrot, épousa, 1° par contrat du 15 mai 1758, passé devant Ségala, notaire royal à Monpazier (mariage béni le 29 novembre suivant), demoiselle Charlotte DE CONSTANTIN DE PEROUX, fille de défunts messire Jean de Constantin, chevalier, sieur de Péroux, garde du corps du Roi et dame Marie Martin de Chambarc; la future épouse assistée de messire Pierre de Constantin, chevalier, seigneur de Pechagut, Marsalès, la Bigotie et autres lieux, et Jean de Constantin, chevalier, sieur de Rouzet, ses oncles paternels, Jean-Baptiste de Constantin, chevalier, chevau-léger de la garde du Roi, Jean de Saunhac, chevalier, seigneur de la Clauzade, du Cluzel, etc., de Louise de Constantin, sa sœur, de noble Marc-Antoine de Léotard, sieur de la Calvie, conseiller du Roi, maire de Villeréal, de messire Etienne de Laval, chevalier de l'ordre de Saint-Louis, de dame Pétronille de Constantin, dame de Laval, et de demoiselle Jeanne de Constantin, ses cousins et cousines; 2° par contrat passé devant Rey, notaire au Bugue, le 3o septembre 1779, demoiselle Françoise DELPIT. Jean-Baptiste de Constantin, après avoir servi pendant deux ans et demi comme lieutenant dans le régiment de Dauphiné, infanterie, était entré, le 12 octobre 1750, dans les gardes-du-corps du Roi, compagnie de Luxembourg, où il resta jusqu'au 18 décembre 1764. De ses deux mariages sont issus, savoir ;

DELPIT: de sinople, à 3 nons d'argent

Du premier lit :

1°. Jean-Jacques de Constantin, né le 28 juillet 1760. Il entra dans les pages de Madame, comtesse d'Artois, le 1er mai 1773, eut rang de sous-lieutenants sans appointement au régiment Royal-des-Vaisseaux le 7 mai 1777, fut nommé sous lieutenant appointé le 13 juillet 1779, devint lieutenant en second le 26 septembre 1780, lieutenant en premier le 27 mai 1785, et capitaine en second le 14 mai 1789. Il a quitté ce corps pour émigrer le 17 septembre 1791, a été nommé chevalier de l'ordre royal et militaire de Saint-Louis le 31 janvier 1815, et est décédé célibataire, le 14 juillet 1823, à Beaumont, en Périgord ;

2°. Pierre, chevalier de Constantin, mort en émigration ;

Du second lit :

3°. Félix-Jean-Jacques de Constantin, mort dans la campagne de Russie en 1812 ;

4°. Pierre, dont l'article suit ;

5°. Marc de Constantin du Claux, mort à l'âge de 17 ans ;

6°. Marguerite-Anne de Constantin, mariée avec Joseph *Valette de Saint-Georges.*

IX. Pierre DE CONSTANTIN, né à Beaumont le 22 octobre 1786, est entré au service dans les gendarmes d'ordonnance en qualité de brigadier, le 4 janvier 1807, est passé sous-lieutenant à la suite dans le 25e régiment de dragons le 16 juillet de la même année, devint titulaire de ce grade le 23 août 1809, fut nommé lieutenant le 9 juin 1812, chevalier de la Légion-d'Honneur le 11 octobre suivant, capitaine le 14 mai 1813, aide-de-camp du maréchal duc de Bellune le 1er septembre suivant, chef d'escadron le 25 novembre 1814, officier de la Légion-d'Honneur et chevalier de seconde classe de l'Ordre de Saint-Ferdinand d'Espagne les 14 octobre et 18 novembre 1823, et chevalier de l'ordre royal et militaire de Saint-Louis le 23 mai 1825. M. de Constantin a fait les campagnes de 1807 en Prusse, 1808 en Italie et dans les États-Romains, 1809 en Italie et en Allemagne, 1812 en Pologne et en Russie, 1813 en Saxe, 1814 et 1815 en France et 1823 à l'armée d'Espagne. Le 8 juin 1809, commandant un détachement de dragons de l'avant-garde du corps d'armée du maréchal Macdonald, il chargea et repoussa un détachement de hussards autrichiens sur la route d'Iltz à Fenstenfeld, et eut un cheval tué sous lui dans cette affaire. Il en perdit un second le 6 juillet suivant, étant employé à la défense de l'artillerie du maréchal Davoust à la bataille de Wagram, et eut deux autres chevaux tués sous lui et un blessé aux batailles de la Moskowa et de Dresde les 7 septembre 1812 et 27 août 1813 : enfin il fut blessé de deux coups de feu à l'affaire de Saint-Dizier et à la bataille de Montereau les 27 janvier et 18 février 1814. M. de Constantin continue son service comme chef d'escadron au 4e régiment de dragons. Il a épousé, par contrat du 7 octobre 1821, passé devant Bellamy, notaire à Besançon, Antoinette-Frédérique-Emilie DE MARESCHAL DE VEZET, fille de Joseph-Luc-Jean-Baptiste-Hippolyte, comte de Mareschal de Vezet, seigneur de Grencourt, de Thise et autres lieux, président au parlement de Franche-Comté, conseiller du Roi en ses conseils, l'un des députés de la noblesse du bailliage d'Amont aux états-généraux du royaume en 1789, et de Françoise-Emilie de Germigney, fille du marquis de Germigney. De ce mariage sont issus :

1°. François-Victor de Constantin, né le 2 juin 1825 ;

2°. Jenny-Emilie de Constantin, née le 8 novembre 1822.

BRANCHE DE PRESSAC, *sur Dordogne.*

VIII. Jean-Marc DE CONSTANTIN, chevalier, né à Roussille, paroisse de Capdrot, le 9 juin 1732, second fils de Jean-Jacques de Constantin, écuyer, sieur du Claux, et de Marie-Dorothée du Puy de la Borie, entra jeune au service dans le régiment de l'Isle de France, en qualité d'officier. Il fit plusieurs campagnes, d'abord en Italie, où il fut blessé, ensuite en Allemagne. A la paix, il fut compris dans la réforme que subit son régiment, dont il était aide-major, et passa capitaine dans le régiment provincial de Marmande. Le 20 novembre 1771, il épousa Anne DELPECH, et mourut le 11 novembre 1782, au château de Pressac, près Castillon-sur-Dordogne, au moment où il venait d'être fait chevalier de l'ordre de Saint-Louis. De ce mariage sont issus :

DELPECH :

1°. Jean-Baptiste, qui suit ;
2°. Louise-Julie de Constantin ;
3°. Marie-Louise-Henriette de Constantin ;
4°. Marie-Andrée de Constantin.

IX. Jean-Baptiste DE CONSTANTIN DE PRESSAC, né à Bordeaux le 30 septembre 1773, émigra au mois de février 1792 et alla joindre l'armée des princes français, où il fit la campagne de cette année dans la compagnie composée des officiers du régiment Royal-des-Vaisseaux. Il passa ensuite au régiment de Rohan-Montbazon, huccards, où il fit en Hollande les campagnes de 1794 et 1795. Au mois de novembre de cette dernière année, il entra dans les hussards de Damas, et se rendit à l'armée de Mgr. le prince de Condé, où il est resté jusqu'au licenciement définitif effectué en 1801. Il a été blessé très-grièvement au combat de Sontheim, en Souabe, le 12 août 1796. Après la restauration, S. M. Louis XVIII le créa chevalier de l'ordre de Saint-Louis par ordonnance du 25 décembre 1815 ; et, le 21 février 1816, il a obtenu le brevet de capitaine en retraite. Du mariage qu'il a contracté, le 12 août 1806 , avec demoiselle Gracieuse-Constance DE BIRÉ , fille de messire Léon-Joseph de Biré , écuyer , et de dame Jeanne-Marie Constant , sont issus :

1°. Léon-Joseph-Louis de Constantin , né le 10 mai 1807 ;

2°. André-Louis-Edouard de Constantin, né le 5 avril 1809 ;

3°. Jean-Baptiste-Louis-Victor de Constantin , né le 16 mars 1811;

4°. Léon-Joseph-Remi de Constantin , né le 2 octobre 1823 ;

5°. Marie-Thérèse de Constantin, née le 7 août 1815.

SEIGNEURS DE MONTÉGUT , DE PÉCHAGUT , etc. , *éteints.*

IV. Noble Charles DE CONSTANTIN , écuyer , sieur du Bosc , troisième fils de Clinet de Constantin , Ier du nom , écuyer , seigneur de Castelmerle et de Rigoulès , et de Marguerite de Bruzac , obtint , le 31 janvier 1648, de M. de Hautefort-Montignac, capitaine-lieutenant de la compagnie des gendarmes de *Monsieur* , frère du Roi , un certificat portant que Charles de Constantin servait depuis quatre ans comme gendarme dans cette compagnie. Clinet de Constantin , son père , par son testament du 21 janvier 1650 , lui légua 3000 livres payables à l'époque de son mariage , avec la sixième partie des droits du Bastit , et l'institua son héritier pour moitié par son second testament du 15 mars 1651. Charles de Constantin épousa , par contrat passé au bourg de Bournet en la maison de Villeréal , juridiction de Montaut , en Agénais , devant Chanut , notaire royal , le 15 juillet 1655 , demoiselle Madelaine DE VILLERÉAL , veuve de noble Louis de Griffon , écuyer , sieur du Rouzet , et fille de Jean de Villeréal , qui assista au contrat avec Jean de Gontaut de Saint-Geniès , écuyer , sieur de la Coste. Le 18 août de la même année 1655 , dans le repaire noble de Castelmerle , Jean de Constantin , prêtre , docteur en théologie et curé de Saint-Aubin , frère de Charles , lui passa une procuration devant Cambon , notaire royal , pour toucher ses revenus de la cure de Bastide , en Quercy. Il passa deux transactions sur partage avec Clinet de Constantin, IIe du nom, son neveu, devant Vaquier, notaire royal, les 4 janvier et 17 juillet 1665. Charles de Constantin habitait alors au repaire de Péchagut, paroisse de Capdrot, juridiction de Monpazier. Il fut maintenu dans sa noblesse avec ses neveux, par jugement de Mr Pellot, intendant en Guienne, du 15 mars 1668. Charles de Constantin et Madelaine de Villeréal, son épouse, firent un testament mutuel à Capdrot, juridiction de la ville de Monpazier, devant Serre, notaire royal, le 7 janvier 1682, et léguèrent la somme de 2400 livres à chacun de leurs cinq fils nommés :

1°. Jean de Constantin, écuyer, sieur de Montégut ;

2°. François de Constantin, écuyer, sieur de Péroux ;

3°. Autre Jean, qui a continué la descendance ;

4°. Pierre de Constantin, écuyer, sieur du Rouzet ;

5°. Autre Jean de Constantin, docteur en théologie, chanoine de Monpazier, archiprêtre et curé de Villeréal, qui fit donation à son neveu, Pierre de Constantin, chevalier, seigneur de Montégut, de son domaine de la Chastre, situé à Villeréal, par son contrat de mariage du 15 février 1732. Il vivait encore le 20 juillet 1738.

V. Jean DE CONSTANTIN, chevalier, seigneur de Péchagut, nommé lieutenant de la compagnie de Ternault dans le régiment de Picardie, le 20 août 1688, épousa, par contrat passé au château de Saint-Germain, paroisse de Gaujac, juridiction de Monpazier, devant Aismar, notaire royal, le 13 octobre 1692, demoiselle Jeanne DE LASCASES DE ROQUEFORT, demoiselle de Saint-Germain, fille de messire Jean de Lascases, chevalier, seigneur de Roquefort, co-seigneur de Camboulit, de Cambes et de Boussac, et de dame Marie de Geneste du Repaire, qui assista au contrat, ainsi que messire Pierre-Jean de Lascases, abbé de Roquefort, frère de la future épouse. Jean de Constantin contribua pour le ban et arrière ban suivant la quittance qu'il reçut le 16 janvier 1695, et comparut à la revue des gentilshommes de Guienne, passée à Langon les 14 juillet 1694 et 1er août 1696, suivant les certificats du marquis de Montferrand, commandant de la noblesse, Jean de Constantin, ayant produit ses titres depuis le testament de noble Arnaud de Constantin, son trisaïeul, fut maintenu dans sa noblesse par jugement de M. de Bezons, intendant de la généralité de Bordeaux, du 19 septembre 1698. Le 4 septembre 1718, messire Jean-Pierre de Geneste, chevalier, seigneur marquis du Repaire et baron d'Anval, gouverneur du château Trompette et des autres forts de Bordeaux, le fonda de procuration pour faire rendre compte à ceux qui avaient administré les revenus de sa terre et baronnie d'Anval. Jean de Constantin et Jeanne de Lascases assistèrent, le 15 février 1732, au contrat de mariage de Pierre de Constantin, leur fils. Ils vivaient encore en 1740. On ne leur connaît que trois fils :

1°. Pierre, dont l'article suit ;

2°. Jean de Constantin, écuyer, sieur de Péroux, qui, après avoir servi pendant sept années dans les Gardes-du-corps du Roi, compagnie de Noailles, obtint du maréchal duc de Noailles, son capitaine, un congé absolu le 22 janvier 1735. Par contrat passé en la ville de Beaumont, en Périgord, devant Pradel, notaire royal, le 8 février 1740, Jean de Constantin épousa demoiselle Marie *Martin de Chambarc*, fille de feu Etienne-Joseph Martin de Chambarc, et de demoiselle Charlotte Chamillat. Elle fut assistée au contrat par messire Pierre Martin de Chambarc, sieur de Goudray, prêtre, docteur en théologie, son frère, par Marie-Louise Martin de Chambarc, sa sœur, et par Barthélemi-Joseph Martin de Chambarc, ancien capitaine au régiment Royal-Marine, son oncle paternel. Pour Jean de Constantin assistèrent messire Jean de Saunhac, écuyer, sieur de la Chauzade, et Marc-Antoine de Léotard, sieur de la Calvie, conseiller du Roi, maire de Villeréal, en Agénais. Jean de Constantin fit deux acquisitions de biens fonciers par actes des 22 septembre 1746 et 5 janvier 1751. De son mariage sont issues deux filles :

    A. Louise de Constantin, morte sans alliance pendant la révolution ;

    B. Charlotte de Constantin, mariée, le 15 mai 1758, avec Jean-Baptiste *de Constantin* (de Roussille), dont elle fut la première femme ;

3°. Autre Jean de Constantin, chevalier, sieur de Rouzet, vivant le 15 mai 1758.

VI. Pierre DE CONSTANTIN, chevalier, seigneur de Montégut, de Péchagut, etc., épousa, par articles passés à Sarlat le 15 février 1732, pour être rédigés au contrat, Marie DE SAINT-CLAR, fille de feu messire Etienne de Saint-Clar, avocat au parlement, et de Marie de Monzie,

DE SAINT-CLAR : d'or, à une cloche d'azur ; au chef du même, chargé de 3 étoiles d'or.

qui assista à ces articles, ainsi que François de Monzie, docteur en théologie et chanoine de la cathédrale de Sarlat, oncle de la future épouse, et Pétronille de Saint-Clar, sa sœur. Jean de Constantin donna à son fils le château de Péchagut, situé dans la paroisse de Capdrot, avec la moitié de tous ses autres biens, et Jeanne de Lascases lui fit don de la moitié de tout ce qui lui avait été constitué en dot. De ce mariage sont issus :

1°. Jean-Baptiste, qui suit ;
2°. Pétronille de Constantin, épouse de messire Etienne *de Laval*, chevalier de l'ordre de Saint-Louis. Ils vivaient le 15 mai 1758.

VII. Jean-Baptiste DE CONSTANTIN, chevalier, seigneur de Péchagut, né le 18 juillet 1738, fut baptisé le lendemain en la paroisse Notre-Dame de Capdrot. Sur le certificat de ses preuves de noblesse, du 5 juillet 1754, il fut admis surnuméraire dans les chevau-légers de la garde ordinaire du Roi. Il fut l'un des otages de Louis XVI, émigra au mois d'octobre 1791 et fit la campagne de 1792 dans la compagnie de cavalerie composée des gentilshommes du Périgord. Il est rentré en France en 1801 et est décédé le dernier rejeton mâle de sa branche en 1826, n'ayant laissé de son mariage avec demoiselle N.... DE PATY DU RAYET, fille du vicomte de Paty du Rayet, conseiller au parlement de Bordeaux, qu'une fille unique :

Marie de Constantin, alliée, au mois de décembre 1790, avec le baron *des Homs*, officier au régiment Royal-Dragons.

ADDITION A LA SECONDE PAGE.

Pierre *de Constantin* fut présent avec Geoffroi et Raimond de la Genebrière, frères, Astorg de Chaslus et Etienne de Vassinhac, au don que Raimond, 1ᵉʳ du nom, vicomte de Turenne, fit de la manse de Salicie à l'église de Saint-Martin de Tulle en 1165. (Justel, preuves *de l'Histoire de la maison de Turenne*, p. 29.)

Ce Pierre de Constantin pouvait descendre par divers degrés d'un seigneur du même nom qui signa, après Ebles, vicomte de Turenne, la charte d'une donation faite à l'abbaye de Beaulieu, vers l'an 1020, sous le roi Robert II, par un seigneur nommé Pierre, de biens fonds situés en Quercy, lesquels lui appartenaient héréditairement. (*Ibid.* pag. 21.)

Fautes à corriger : page 8, ligne 21, les noms Gaulejeac et Dordaigne doivent être écrits Gaulejaç et Dordaigue ; ligne 25, la Filiole, lisez : la Filolle ; avant dernière ligne de la note, du Bassit, lisez : du Bastit.